Tom Coulter
19 Sandwich St.
Belfast

the
INCREDIBLE
BOOK
eating
boy

[handwritten notes]

Liverpool

✓ Chester   16

a 540   a 529
Wrexham 12
a 528   Whitchurch   20
Shrewsbury 28 a 529

               a 442

a 458   Wellington   22
               a 442
76 Bridgnorth 20 Bridgnorth   14   72
               a 442
               Kidderminster 13
               a 422
               Worcester   ·14
               a 38
               Tewkesbury   15
               a 38
               Gloucester   11
                             125

獻給湯米和凱瑟琳

For Tommy and Kathleen

Originally published in English by HarperCollins Children's Books, a division of

HarperCollins Publishers Ltd. under the title:

THE INCREDIBLE BOOK EATING BOY

Text and illustrations copyright © Oliver Jeffers 2006

Chinese translation right © 2015 by San Min Book Co., Ltd.

不可思議的

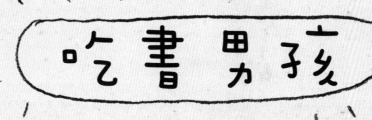

吃書男孩

by Oliver Jeffers

奧立佛‧傑法／文圖

柯倩華／譯

三民書局

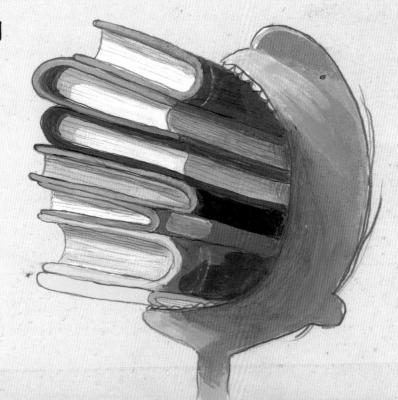

亨利

喜歡書。

不過，他喜歡的方式跟你我不一樣，
真的，不大一樣……

亨利喜歡吃書。

這件事是一個無心的失誤引起的。
有一天下午，
他沒有注意到自己在做什麼。

Works Orders Returned { Switchgear.................... | H.T. Mains....................

他起初不大確定，
為了嘗試看看，
先吃了一個字。

接著，他吃掉一整個句子。
然後，他吃掉

一整頁。

是的，亨利確定他很喜歡。
到了星期三，
他吃掉了一整本書。

到了月底，
他可以一口吃掉一本。

亨利喜歡吃
各種書：

故事書、

字典、
　地圖集、
　　笑話大全、
　　　知識百科全書，

甚至數學書。

不過，
他最喜歡紅色的書。

最棒的是：

他吃得越多，

就越聰明。

他吃掉一本
關於金魚的書，
他就知道
該餵小橘吃什麼。

嗯？

永垂不朽

沒多久，
他可以幫爸爸
玩報紙上的填字遊戲了。

在學校裡，
他甚至比
老師更聰明。

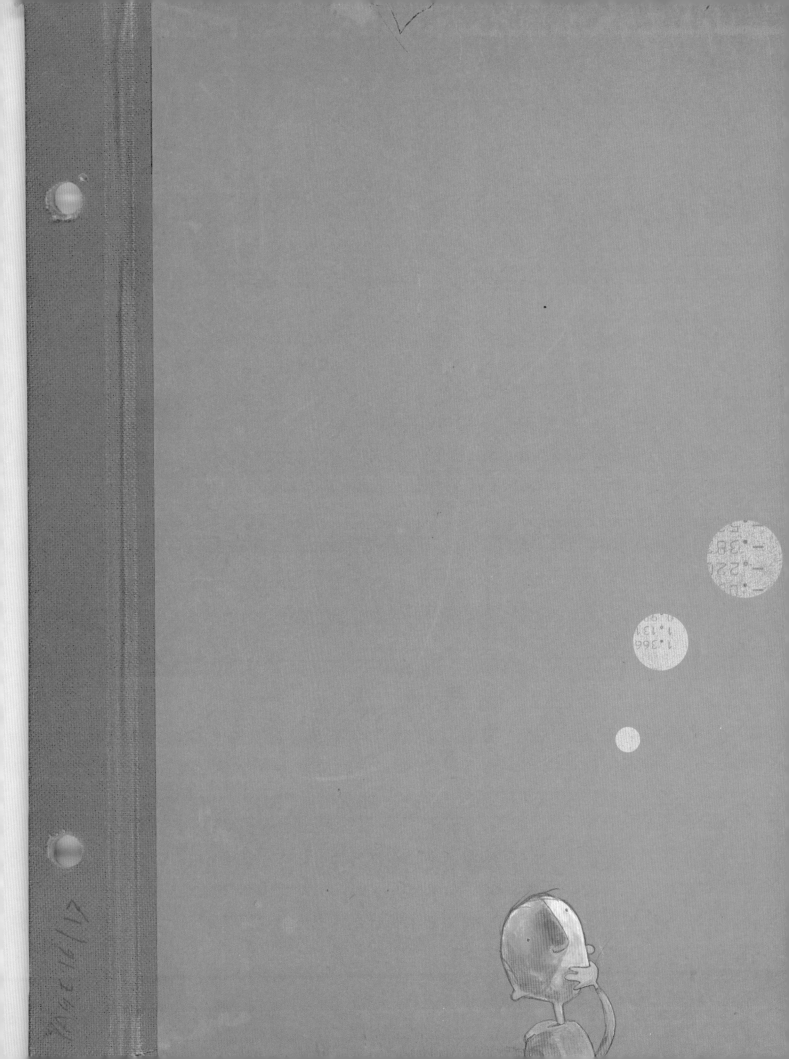

亨利喜歡做聰明人。
他想，假如繼續這樣下去，
說不定他會成為地球上最聰明的人。

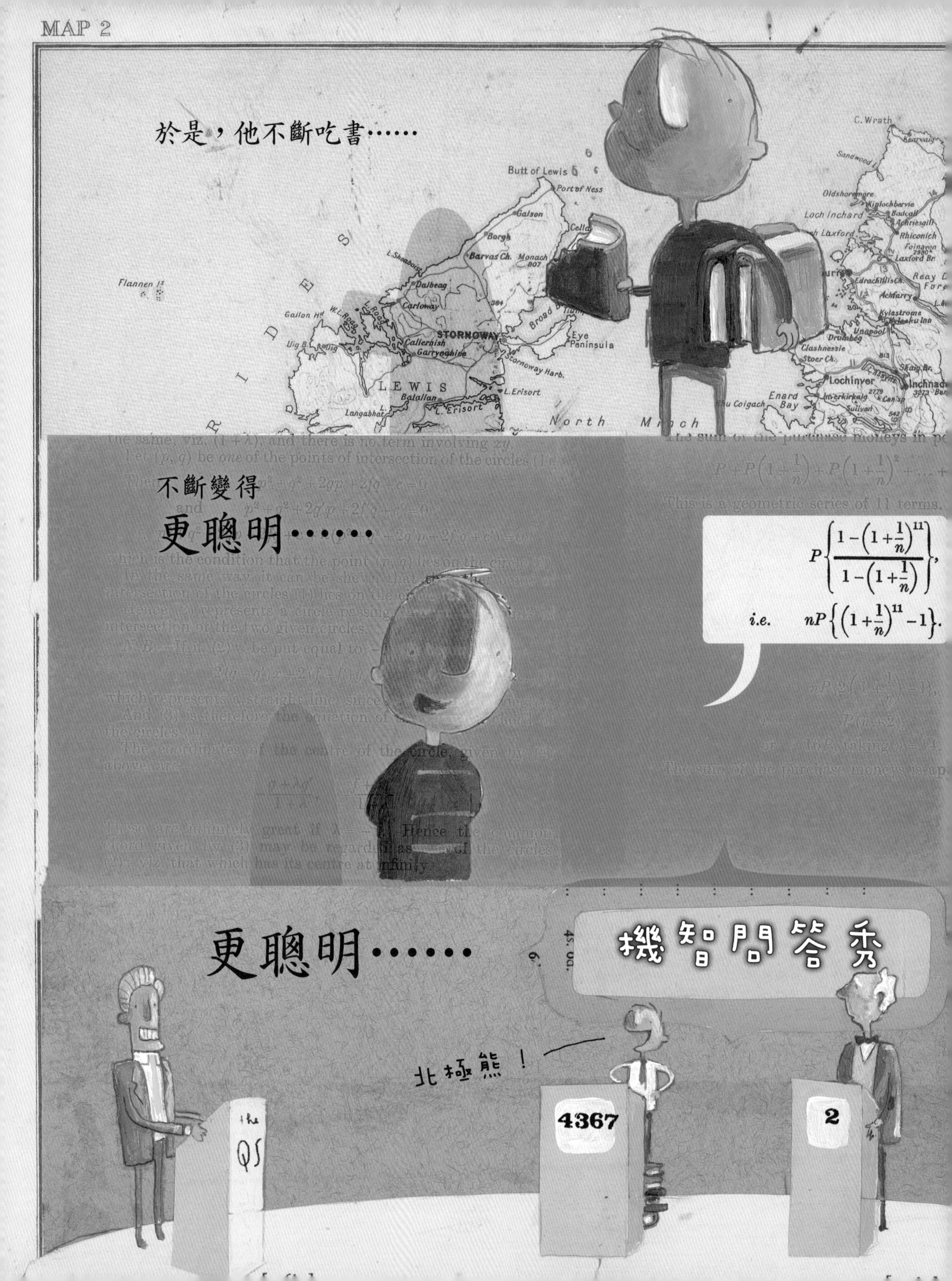

MAP 2

於是，他不斷吃書……

不斷變得
更聰明……

$$P\left\{\frac{1-\left(1+\frac{1}{n}\right)^{11}}{1-\left(1+\frac{1}{n}\right)}\right\},$$

$$i.e. \quad nP\left\{\left(1+\frac{1}{n}\right)^{11}-1\right\}.$$

更聰明……

機智問答秀

北極熊！

4367

2

the
QS

他本來是一口吃一整本，
後來改成一次同時吃三本或四本。
任何書都行。
亨利不太挑剔，
他什麼都想知道。

可是，事情開始不大對勁了。

老實說，事情變得
非常
非常
糟糕。
亨利吃掉太多書，又吃得太快了。

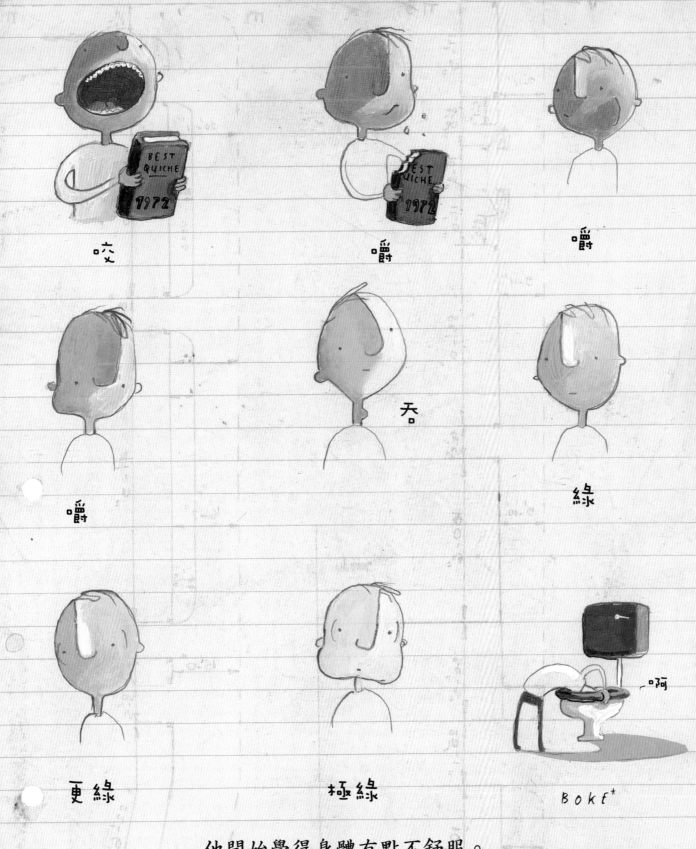

他開始覺得身體有點不舒服。

★愛爾蘭話，意思是把胃裡的東西吐出來

最糟的是：

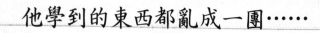
他學到的東西都亂成一團……

$6 + 2 = 3$

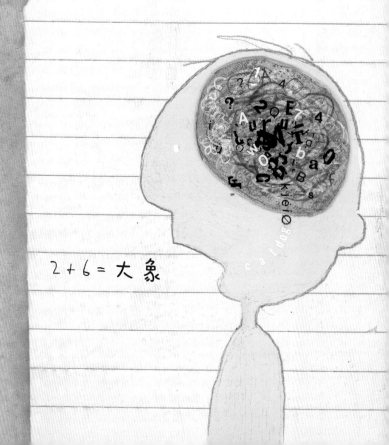

$2 + 6 = 大象$

他沒有時間好好消化它們。

說話這件事對他來說，
變得很尷尬。

20 exemplaires numérotés sur papier de H

突然間，
亨利不覺得自己很聰明了。

不只一個人告訴他，
他應該停止吃書。

於是，亨利放棄吃書了，
他難過的坐著，過了很長一段時間。
他該怎麼辦？

又過了一陣子，幾乎算是一個意外吧，
亨利從地上撿起一本吃剩的書。
他沒有把它放進嘴巴裡……

亨利
打開它……

……開始讀。

感覺**真好**。

亨利發現自己喜歡讀書。
他想，假如他讀的夠多，
說不定他還是可以成為
地球上最聰明的人。

需要多花一點時間就是了。

不可思議的
吃花椰菜
男孩

現在，亨利總是在讀書，

只是偶爾

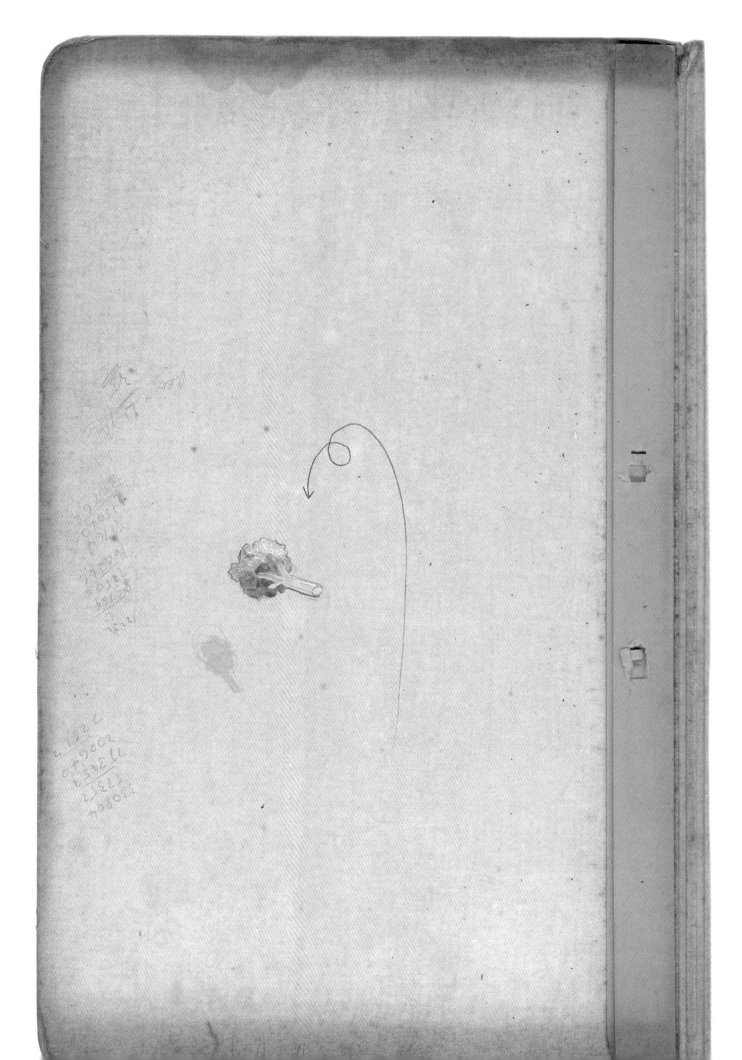

不可思議的魅力

童書評論家
柯倩華

　　這本書的封面很有意思，圖像是一個張大嘴巴的人和拋在空中的書，而充滿設計感的文字編排使文字也變成一種圖像語言。畫面彷彿是一座舞臺，舞臺上正在進行一場奇特的表演。所謂奇特，是因為這個人與這本書之間的關係，違反了我們一般熟悉和理解的經驗。進行中的動作使畫面產生動感，也製造懸疑、猜測：他要做什麼？他要吃書嗎？為什麼？書可以吃嗎？

　　這些疑問邀請讀者翻開內頁，去尋找答案。（是的，一定要打開書，才知道究竟是怎麼回事。如果你把這本書一口吃下去，你就不會知道這個故事多麼有趣了。）故事一開始立即告訴讀者，這個男孩亨利的確跟你、我不一樣，他喜歡吃書。故事所蘊含的訊息似乎是，讀書的意義不在於閱讀的數量和速度，如果囫圇吞棗、沒有適當的消化，那麼快與多只會造成令人難受的反效果。當人變成堆積書本的倉庫，這本書與那本書沒有差別時，書對人也就沒有任何幫助了。這個道理其實並不新奇，但高明的圖畫書創作者就是會用新奇的文學和藝術手法，將平常的、抽象的道理以更具體、有趣、引人思考的方式呈現出來，啟發讀者去感受、想像和體會。這樣的書有一種「只有這本書才有」的魅力，使讀者對於習以為常的事物產生新鮮的感受，有大開眼界的驚奇，並留下深刻的印象，值得花費時間（生命）慢慢的、好好的去讀。奧立佛·傑法在這本書中做了成功的示範。

Hello!

　　傑法近年來在歐美的藝術領域相當活躍，除了創作兒童圖畫書之外，也從事各種藝術設計工作，並經常舉辦藝術展覽。他的創意靈活，作品有高度的原創性和鮮明獨特的風格。這本書的圖像語言生動流暢，畫面豐富卻不雜亂，每一頁的場景設計都頗具巧思的扣緊主題，例如當亨利認為自己吃得越多就越聰明時，背景的英文字典頁面剛好是 intelligence（智力、智慧）的解釋，以文圖互補的方式表現幽默與嘲諷。然而，他不僅是不說教的藝術家，也是很會說故事的作家。亨利怎麼開始吃書，從字、句子、頁到書的過程，想要變得更聰明的心意和超乎常人的認真努力，然後為什麼轉變，最後如何突破困境、解決問題且餘味無窮；故事情節的層次分明，發展與轉折皆合情合理，想像力與邏輯兼具。當角色與故事都有說服力時，讀者便不知不覺、心甘情願的把書裡的道理「吃」下去了。於是，孩子們更能明白，真正有意義的讀書不是特技表演。原來封面上的意思是這樣啊！

柯倩華 譯者簡介

輔仁大學哲學碩士，美國南依利諾大學哲學博士研究。曾在大學教授幼兒文學、圖畫書賞析等相關課程。目前專職從事童書翻譯、評論、企劃諮詢，並參與各項兒童文學獎評審工作。翻譯圖畫書及青少年小說共逾百本，現為臺灣兒童閱讀學會與豐子愷兒童圖畫書獎組委會顧問。

© 　不可思議的吃書男孩

文　　圖	奧立佛‧傑法
譯　　者	柯倩華
發 行 人	劉振強
發 行 所	三民書局股份有限公司
	地址　臺北市復興北路386號
	電話　(02)25006600
	郵撥帳號　0009998–5
門 市 部	(復北店) 臺北市復興北路386號
	(重南店) 臺北市重慶南路一段61號
出版日期	初版三刷　2019年1月
編　　號	S 858061

行政院新聞局登記證局版臺業字第〇二〇〇號

有著作權‧不准侵害

ISBN　978-957-14-6023-9　(精裝)

http://www.sanmin.com.tw　三民網路書店